湖海间

黄波 著

北京出版集团
北京出版社

自 序

已然年过四十，困惑依旧不止。

好在选择了回望，重新在陈旧的诗稿里寻找一位骑着"罗齐南脱"之马的少年——权当是少年吧。那段岁月里的我，流着不合时宜的中国二十世纪八十年代的创作血液，或在西湖边上凌空蹈虚，或在东海之畔的生存里撕裂。当然，这些诗稿在强大的世俗面前，终究成为被我割断脐带的弃婴。

茨维塔耶娃说："我不能爱自己的时代胜过爱上一个时代，也不能创造一个自己以外的时代。"隔着岁月的透视镜，翻阅这些诗稿，俨然像在审视一个陌生的年轻人，那抹农耕文化的余晖映射在我的额头，承受着迷恋与痛楚。上一个时代，仍然对我们这一群体有着深沉的影响。中国时代之轮近三十年的飞快转速，足以带给我们强大的离心力，对于我这样的迟钝者，更多是沉默以对。依稀记得，在杭州求学期间，复建的雷峰塔刚刚耸立，杭城尚没有贯通的地铁，文一路弄堂小酒馆里收受着的仍是我们嘈杂的纸钞，一路奔向海子故乡的是一列忧伤的绿皮火车。这或许也是一个时代吧。

当然，在时代与个人之间，在当下的诗歌和倾诉之间，我更倾向于在我这个深含隐喻的年龄，做一次个人的回望和诉说，摒除一些毫无意义的负重，诚如自己十年内唯一一首诗里写道："那些野菊的众多秘密／被关在一个木匣里依然商讨热烈／某一天，誓要在北山之上率众起义。"

已故著名诗人韩作荣对我的诗歌曾这样评价："诗撷取鲜明的意象，并让自我闯入诗的情境，抒写孤独、锋利、伤害、惆怅和忧伤。这是敏感与任性的写作，相反相成式的写作。"我相信，这是一次诗歌的烈焰，将我燃烧，并在体内留下了终生的烙印。但终归，我要走向温和的光明，与这个世界来一次温暖的秘密交谈。

2023 年 5 月

目 录
Contents

第二辑　黑翼之门

第三辑　弯腰而立

第四辑 不再大风起兮

第 一 辑

一块坡地在高处宁静

夜 雨

我总会在夜雨中盖起几间孤独的瓦屋

听凭雨水落瓦

击沉平滑的秋天

渐渐趋于一种线型的沉默

指影绕过诗句

落在体内生锈的齿轮

落在孩子与自然

我逐渐成长与消亡

清晨森林中野兽留下的足印

都自然而然

想起七颗稻谷在阳光下饱满

心满意足

一个月的雨水

我在瓦屋里思考一个月的天空

接着

微笑着听了听雨水敲瓦

归　来

谷子，谷子，我哀伤的母亲
石头由阳光至黄昏
我想起，在今天拥抱谷子
流水从脑后爬升
我忘却脚底的泥土
今夜，我归来
从谷子回到谷子

诗在谷子内部升起火焰
空中凌乱的飞鸟
停息在谷子顶端
诗歌，诗歌，我忧伤的母亲
今夜，我从远方归来

四月残句

1

无数个野蛮的王子
在四月的病体上慢慢醒来
脸色苍白，大地嫩绿

2

念珠从老人手中和烛焰下
一颗颗滑落，像时间的孩子

3

是什么像一根鱼刺贯穿故乡的心脏
生疼中有着石头的温暖

4

病中，几首发烧的诗歌
缠绕一团的蛇群扭动
闪电之球以蝙蝠的姿态横冲

反　叛

许多年前，我像一只残破的陶罐

在山顶呜呜作响

这并不预示：今夜

我在季节的咽喉里捣乱

身处某只网眼

开始渐渐喜欢上

鱼，这种哀伤的动物

各方黑影四散而去

留下空旷之舟在水面独自沉没

追随黑影之人

在某一天，会类似许多年前的我

在山顶呜呜作响

谁也无法证明

这个肉质尘世的体温正常

沉默、孤独、暴戾、不能自控

——反叛者的所有因素

被暴晒在石雨之下
追寻终极黑影的同时
我和众人都被黑影包含
鳃，倒挂在网眼之内
明白颠倒乾坤

在骨头里生锈

用诗歌一次次舔去
蜗牛在体内爬过的痕迹
当这个秋天到来
蜗牛老去，剩下虚无的空壳
我躲入里面缩成一团
仰望星空
想起诗歌这枚铁钉
仍然钉在骨头深处，生锈
难以拔除

这个时候，电话的铃声
在深夜寂寞的村庄响起
惊动众人
生锈铁钉在骨头里带来的阵痛
仍能将我铺开暴晾在星光底下

008 湖海间

在睡梦里吞咽黑夜的同时
对抒情念念不忘
在骨头里生锈
这个坚固的现实将我灼伤

诉　说

是什么在这个嘈杂的世界里窃窃私语

并没有接受石头的围攻

神在所有华丽的外衣下僵硬

伴随酒醉，随同众人阴沉的眼睛默默书写

大地，这块不生长石头的土地

养活众人内心无比孤独的诉说

诉说接近于大地上空

无数个双眼已瞎，飞翔着的动物

哭泣

整块岩石开始析出太阳无法燃烧的羽毛

几万个黑夜

无辜砸在众人的头顶

是什么让所有人用声音爬行在沉默之上

徒步迁徙

从天堂到两个撕打的诗人

许多霉斑墨绿的词语

在酒杯里安眠

像只幼年的老鼠

洗去大地上方沉默的石子

打坐，安于湖底淤泥的抽打

难以看出暗暗闪光的传说

长了腿的柴火默默燃烧

对石头的无比嗜好

接近泥土

怀着无数个佛祖渐走渐远

静夜思

是谁家的美丽姑娘

从星空中挂落

将虫声绣在平如湖面的深夜

月下的诗人

张开浮满青色血管的手臂

涌动着忧伤的期盼

兽 梦

刃，闪着最初的冰凉
我断裂的躯体由它挑着

我的上半身面朝愈显开阔的水
飘向无限的水
将我半身的饥渴镶嵌在太阳之上

我的下半身被折射得面目全非
尾巴低垂，深入泥土
柔顺的模样仿佛老者的眉目

我这头断裂之兽身吻利刃
最初的光芒已经外露
上半身愈朝茫茫之水
下半身愈向泥土下沉
我血肉间的利刃愈显锋芒

这道银亮长饮血肉的火焰
将灼伤无数陌生的人群

青春已逝

一棵树上飘着虚假的轮回
我开始担心肉体
在多年后衰老
四季反复，伤疤逐渐陈旧
它并不能在某一个春天开花

我迷恋肉体，眼神真诚
却无法为时间打几个结
它把我从一个黄昏
抛到另一个黄昏，乐此不疲

清晨的眼睛滚出睡意蒙眬的我
发现青春已逝
远方的村庄遍体鳞伤

时间一次又一次冲刷着众人
直至冲出一粒粒死亡的金子
古老的传说目光锐利
一颗星星代表一个亡者

一九八九年的泥路

这是一千年前或一千年后的泥路

这是一九八九年的泥路

尘土飞扬，夜里积水

许多青蛙被月光冻伤

猪和狗的粪在路边热气腾腾

鬼神徘徊

或者在丘陵间疯狂舞蹈

这是一千年前或一千年后的泥路

这是一九八九年的泥路

众人的面目陈旧

随意撒落

一些破损的瓷器叮当作响

温厚粗糙的声响

在春天，会像茅草一样割伤阳光

在一九八九年的泥路上

愤怒的公鸡赤脚奔跑

通往一千年前或一千年后
这是一九八九年的泥路
这是一千年前或一千年后的泥路
愤怒的公鸡瘫痪在泥路里
公鸡仍提着腿愤怒奔跑

四行诗：诗人之夜

1

眼睛

两只孤独的老鼠

偷爬在深夜的棉花堆里

寻找粮食和水

2

头颅的左侧有一盏灯

头颅的右侧有一叠纸

胸膛上却大火熊熊

这是一个光明的夜晚

3

听见黑暗中夜花开放

一叶舟轻轻滑过水面

头盖骨慢慢睁开

接近于宇宙的无穷

牛

我在原野上发现骨骼新奇的动物
有别于人类直直的身形
它们四肢着地
骨架凌厉地凸向太阳
并坦然生长着岩石的沉默

我无法在一个裂开的下午
抵达这些古老动物
波澜不惊的眼睛
以土为生的动物
拥有新奇的骨骼
四肢着地
这种质朴的行走方式
让每一寸土地备感温暖

此刻，仍能从身体盘绕出两朵野花
一朵开在村庄的脖颈
一朵开在热泪盈眶里

不知道这是一只怎样的鸟

不知道这是一只怎样的鸟
凌晨三点
独自在村庄低空发出叫声
我摸黑拉开窗帘
数条绷紧的电线自远处滑射过来
几个神秘的屋角被割落

半夜的微光停泊在大地之上
凝眸瞬间，这些怪异的鸟声
突然将整个村庄的空旷撑开
大量冰凉的海水涌进身体
我逐渐缩小
窗外的鬼神开始点灯夜行

面壁而坐

睡意像一群醉汉
在睁大的眼睛
和坚实的墙壁之间摇晃
望穿墙壁，一个多么神圣的愿望
占据了我一整夜的大脑

不知道墙壁中打坐的是谁
或许是无数只眼睛，就像虫声
或许是直抵种子的沉默

我并不像和尚那样打坐图破壁
我只想，只想
望穿墙壁却什么也没得到
然后转身离开，安然睡去

墙壁突然露出牙齿
这个行动意义重大，像人的一辈子

沉　船

需要风，穿过空荡的殿
我才能知道身体的某一部位
正被时代的手指捅破

这一年，我全然忘记痛楚
胡子又开始与南山的茅草一同喝醉
然后呕吐，越来越长

登上屋顶，望一望海
不难成就东海之滨
一个略显潮湿的诗人

点了烟，却想起
我已渐渐滑入陈旧的湖面
身体上的风口长满青苔

奔　跑

秋天在村庄的上空飘扬

我的身体空旷得近乎像

一群金黄的向日葵、一群火红的柿子

在一个秘密降临的清晨集体出逃

奔跑，迎着风鼓足了

阳光、水分和落叶

在一场盛大的情绪中奔跑

在这个愈显开阔的季节

有那么多的石头和草垛垒起

有那么多的黄昏长满狗尾草

我们如此幸福

让每一缕积火的灵魂

拖着一把野花急遽燃烧

整片整片的海面透着孤独的鼻息

一个个略显羞涩的黎明抵达头盖骨

我们骨头顶着骨头

秋天顶着秋天

孤独怀着孤独

幸福怀着幸福

一路奔跑，朝向迎面的空旷

南　山

陶渊明在西，我在东
南山并不是陶渊明的南山
菊花依旧是陶渊明的菊花

秋天，野菊盛开
从陶渊明的南山明灭至
我面朝东海的南山
希望在夜晚的秋空上
星星从东海明灭到西边
像野菊一样多情和善良

陶渊明在晋，我在今
我的南山上花儿纯黄
待嫁的姑娘脸儿红红

海，在远方平滑过来
试图卷起我的南山

甚至是秋天、野菊和诗句
希望在清晨的茅尖上
露水从南山闪烁到南山
像野菊一样多情和善良

黄昏里升起的

黄昏里升起的，不是灯盏
是自水缸浮起的月亮，那是一种
在雪地因晕眩而丢失的目光
黄昏里起飞的，更不是我
是某一块黑暗塌陷后遗留的空间
上面布满我和时间的掌印

云层被拉长得像根手杖的黄昏
我细数起飞的事物
有一棵柿子树，代表荒坡的热情
有一位阴郁少年，他刚刚过世
有一个村庄，炊烟四起
有一群鬼魂，他们会在黑夜重归大地
海则一如既往地做着飞翔的姿态
甚至携带了搁在滩涂的木渔船

被风吹薄的黄昏，渐渐归于零度
重现了这些起飞的事物

秋日无题

割了稻子的稻田
在秋天里直刺刺地疼痛
一整块一整块地伤心

凉意干净了一旁的河床
石头洁白并且开出菊花
河水自西向东不会倒流

未亡的祖父闲聊和劳作
一壶老酒在夕阳下逐渐析出余光
做回亲家吧，明日各携子女

我用稻草给自己搭起草棚
里面安放流水和秋天的小孩
他们熟睡、哭泣、成长
还不曾结出满身的果实

一块坡地在高处宁静

草有点见长，石头砌的房子前
无论是走着还是坐下
我们都显得那么容易流失
更何况这些房子
有时候只留下拱形的门
以及半堵截断夕阳的围墙
它们容易在苍茫中沾满露水

谁家破败的屋后有一块坡地
倾斜的角度像极了一种吟唱
它流失我、流失戏台、流失汽车尾气
这个叫岭头村的地方
至今保留着这样一块桀骜的坡地
它在高处宁静
上面有风声、茅草的锐利和太阳的温厚

我多么愿意吻合这块倾斜在大海之上的坡地
用一种略高于生活的角度
接见深夜与我攀谈的豹子
也时常忆起，这块家园的土地
储藏了蔬菜、柴火和简略的爱情

第 二 辑

黑翼之门

独幕诗剧：孤岛

人物：张煌言　猿　石　众清兵　黑暗之神

布景：黑蓝之色弥于天际，间有闪电，光如惊魂。悬崖顶巉岩丛立，状若恶鬼。崖下海涛怒撞，卷起千堆雪。张煌言披头散发迎着海风，执剑立于悬崖顶，旁有一猿。

张　煌　言：我凿空的血肉之躯
　　　　　　在诞生之前——
　　　　　　就安放了太阳的光芒
　　　　　　关外的骑马者长驱直入
　　　　　　明，我光芒的父亲
　　　　　　惨死大地
　　　　　　惨死于众人的头顶
　　　　　　收集残落的碧血
　　　　　　在这大海之岸
　　　　　　用我的躯体祭奠
　　　　　　孤岛之顶
　　　　　　点起三把明晃的利剑

　　　　　　我将被那些密集的清兵

　　　　　　生擒

黑暗之神：前方的大海茫茫如我躯体

　　　　　　这位孤岛上孤独的人

　　　　　　貌似我忧伤的儿子

　　　猿：神勇的主人啊

　　　　　　眼睁睁看你在闪电下

　　　　　　洞穿你们族类的绝境

　　　　　　前方大地全无

　　　　　　背后清兵如蚁

　　　　　　你为何依旧剑指

　　　　　　黑暗中的日月

张　煌　言：我必须被躯体内的光芒

　　　　　　驱赶入英雄的荒原

　　　　　　纵横江南丘陵几载

　　　　　　杀敌无数

　　　　　　如今末途

　　　　　　孤岛之上将英魂长存

　　　　　　东升的太阳定会铭刻碑文

　　　　　　明朝英雄张煌言

清　　　兵：（声音传来）

　　　　　　这个顽抗的明朝遗将

　　　　　　将往何处逃遁

　　　石：我们形状怪异的酒杯

在黑夜里复活

为这群执兵刃的人类酩酊大醉

我们的睡梦坚硬

我们的躯体微温

千年守候中

看尽日出日落潮涨潮退

黑暗之神：闪电也捆绑不了死亡的翅膀

它从这个人的内心惊起

忧伤的儿子

今夜，我的眼泪呈现黑蓝

从西北的草原浸到东海

悲壮的儿子

今夜，我的衣衫褴褛

遮不住冷酷的血液

你身承日月

已经走到了大地的尽头

张 煌 言：我已走到了尽头

死亡像一只残破的渔船，时隐时现

身后一无眷恋

温暖，此刻的温暖像风一样刮起

从眼睛的洞穴飞出

到达太阳

黑暗的神明啊

请你托起我的躯体

　　　　　　敬献给背后的江山

清　　兵：（出现）

　　　　　　英雄，你的前方浪涛如虎

　　　　　　背后刀枪明晃

　　　　　　只要你投降了清廷

　　　　　　至高无上的皇帝会为你填平大海

　　　猿：从大地退到孤岛

　　　　　　主人，你已身陷绝境

　　　　　　可是那些逼近的人群期望你

　　　　　　低一下高昂的头颅

　　　　　　垂一下手中的利剑

　　　　　　他们会拥你到大地正中

　　　　　　接受无比的荣耀

张　煌　言：再没有什么能吹灭沉默的方向

　　　　　　我同时踏遍了自身和大地的边缘

　　　　　　筑建练兵场的石块

　　　　　　此刻，静止不动

　　　　　　所有英勇的将士从我身体分离

　　　　　　苍茫大海的深处

　　　　　　太阳正浸染着灵魂

　　　　　　当我带着众人踏上孤岛

　　　　　　注定石缝里的花朵接受光明

　　　　　　我生就为太阳存活

　　　　　　悬崖之顶，我看见

肉体内的光芒正集体开放

我不责怪出卖我的叛徒

也不仇恨那个关外的民族

但是，在这个孤岛之上

平静的双目早被光芒灼伤

再没有什么能吹灭沉默的方向

我在绝境里的宫殿

笑看无知的诱言

背对着你们，双目慈善

但我的剑依旧凶猛

你们，胆怯的人群

试着迈开勇敢的步伐

等待你们明晃的利剑

等待你们乌云似的气息

等待你们闪电下的鲜血

我要凭手中的剑

冲破黑暗之神的忧伤

让刹那的阳光普照

覆盖死亡

石：几万年的涛声磨平了我们的头颅

永恒仿佛一架梯子

从人类的中心上升直至痛苦

张煌言，你选择了这一光点

闪电四起鬼神云游

　　　　　我们依然没有记忆的习惯

猿：　主人，你踏上孤岛之时

　　　　　我已在岛上为王多年

　　　　　众将士惊散了我的子民

　　　　　但我却沉醉于你的痛苦

　　　　　仿佛龙宫里粗犷的岩石

　　　　　岛上夕阳搁海

　　　　　你双目忧伤

　　　　　暮色中白鸥如泪

　　　　　主人啊，你用沉默弹奏闪电

　　　　　清兵的刀剑已近

清　兵：（执兵刃围拢，张煌言转身相对）

　　　　　孤独的人

　　　　　大地上鲜花繁盛

　　　　　你却要在我们的刀剑下

　　　　　看到死亡的颜色

张　煌　言：我的光芒就要将躯体烧毁

　　　　　看剑吧！无辜的人群

　　　　　（浴血奋战，终被擒，回首大海）

　　　　　我看到了日月！美丽如我

　　　　　终于看清

　　　　　死亡之舟来时的方向

　　　　　那里钟声空旷

　　　　　一生，一生只为听到一次钟声

东升的太阳定会铭刻碑文
明朝英雄张煌言

　　猿一声长啸，纵身跳下悬崖。幕下，黑暗中仍有猿声缭绕。

黑翼之门·父亲篇

山 洞

这是关于生存和生殖的书写
关于千年的父亲暗暗点火
关于我，关于无数个村庄

暗色中的野火集中每一张
缺乏粮食的脸
所有人都在柴火的断裂声里
接受温暖
把每一块太阳搬进山洞
用粗糙的工具凿成酒杯
最初的生存在天空下独自沉默
不能离开火
离开灰烬
这些村庄的先民信奉光明
山洞，人类的子宫
在远古的火把里产下众神

无数个坚强而又沉默的父亲
手持石头，搬运粮食
这些动作像一群临风的山头
无法生殖，却能蹦进千年后
村庄饮酒和斫柴的姿态里
木头的酒杯在陈旧的子宫
和我对饮
我像一只野兽一粒粮食
倒在石头之下而幸福无比
谁也不曾在疼痛中想起
群山里的子宫产下众神
穿梭于阳光的白天和黑夜的石头
充满肌肉的形式

这些村庄的先民们
活在山洞补丁似的光明里
思念粮食和火把
我在木头的酒杯里
同样思念粗糙如土的力量

山洞暗色的火把
在尘土满布的村庄飞翔
在厚实的头顶独坐为王
在每一个千年前或千年后的灶下

柴火的灰烬

和粮食相依为命

山洞内整个人类的气息

汁液饱满

此刻，孤独的夜晚

并没有从村庄抽身而去

这些羽翼丰满的山洞

叼着生存的温暖整夜在

屋檐上垂下

像整个落满沉睡的冬季

外面白雪皑皑

村　庄

我们开始接近村庄

枝头长长的村庄

酒杯满满的村庄

我温暖得浑身哭泣的家园

打铁铺里通红的铁块

在村庄中央冒烟

光滑的门槛在每一家偷饮月光

我们皮肤通红的父亲

将无数个传说点燃在火堆旁

这些粗糙的词语

挑逗火焰，使其呜呜作响

山下的村庄在烈日中
充满力量屁股冒烟
像一群野兽龇牙咧嘴
在粮食的上方
父亲们的村庄涂满泥巴
独自为乐
在每一个固定的节日收割粮食
或者上山砍柴
在每一个月亮上升的时刻
动物繁殖
赤脚的父亲们肌肉发达
情欲饱满

这些沉寂的村庄遥遥相望
神情悠然
黄昏的炊烟从粮食飘向粮食
这些独自为乐的村庄
远离时间的尘灰
这是我们最温暖的家园
头发蓬松的茅草屋
中国乡村远古的哲人
将我引领进灯火之中

我再一次将眼泪掉落在
木头的酒杯
掉落在尘土飞扬的翅膀

谁也不曾将星空从
我和村庄的头顶拔除
谁也不曾将脖挂草鞋的我
驱赶出去
在每一个村庄和村庄饮酒
在每一个村庄和动物说话
我终于如愿以偿
和父亲们在遍地的山野
白骨皑皑

荒　坡

赶着羊群白过一路
想起父亲的眼泪
也落过一路
胸膛一样的荒坡接受雨水
接受父亲的眼泪
土地，土地之状渐渐成形
陶碗之状渐渐成形
沉重的铁从太阳滑向月亮

像个哑巴在飞舞

所有的村庄默默等待粮食
等待从荒坡归来的父亲
山冈的太阳暴烈成性
牲畜们在月亮底下发情
高昂的头颅在傍晚
终于归来
像群勤劳的蚂蚁排队搬家

茅草疯长的荒坡面对夕阳
人类的泪水暗暗升起
庄稼和柴火质地温暖
连接父亲陈旧的棉袍
荒凉和家园并肩而居
父亲野兽般的目光暂露慈祥
金色抽拉着这片荒凉
村庄的胃部点起蜡烛
荒坡，人类贫瘠的土地
在父亲的故乡
手指大海而眼神纯洁

赶羊的父亲吹起口哨
赶羊的父亲坐在干洁的土地

赶羊的父亲远眺村庄

这块倾斜之地指向苍天

并在露水初生的夜晚

滑向灶膛火焰

在荒凉的茅草尖倾听

父亲枯树般的声音

和土地里刨出的传说

在月升日落里想念

粮食和家园

在铁的打磨下

父亲的皱纹躲满沉默寡言

在性情温和的秋天

无数个父亲终于席地而躺

脚指村庄

秋　天

对这个季节的躯体

天地有着不言而喻的嗜好

这是一个肋骨洁白的季节

留下名字洗去肉体

在村庄和稻田里同时收割死亡

裸露的岩石沉默为乐

我蹚遍所有的河流

独自回家
路边的荒草闪烁洁白之骨
这个露着河床的季节
死亡浮现温暖
每个村庄在天空底下歌颂亡者
歌颂父亲仰躺的姿势
我失足掉落在秋天的眼睛
发现人类与这个季节关系秘密

村庄，村庄之神开始舞蹈
在河水退去的大地
庆祝粮食和亡者
在河水退去的大地
人们不言一语
稻谷在太阳底下飞扬

对这个筋骨强壮的季节
我充满忧伤
对这个粮仓满满的季节
我默默无言
这是一块埋葬父亲的天空
寂寞的丘陵遍野坟墓
遍野父亲破裂的身影
温暖

头顶始终有着温暖之神

人类在大地温暖劳作

人类在大地默默死去

死亡的温暖无比安详

村庄在岩石内部安然过秋

粗糙的手脚在秋天安眠

与人类相关的季节里

村庄的歌声清亮

穿透每一块石头

和每一根木头

枯叶在每一夜暗自飘落

火堆里的粮食散发香气

流水的声响穿山过林

在这个肋骨洁白的季节

在这个筋骨强壮的季节

在这个粮仓满满的季节

村庄将与一切无关

血

这是与铁、石头、泥土一同生长的血

父亲们像海水一样澎湃的血

这些血，充满野兽般强壮的四肢

家园的守护之水
深受村庄引力
面向泥土聚成一团

召唤之声在父亲体内
呈暗红色
有一种沉重的力量向下生长
混杂着野蛮与温暖
在村庄的土地上日夜涌动
我能看清这些青筋暴突的力量
蠢蠢欲动
十头眼神凶残的野兽
随时跃起

这些生性单纯的暗红之血
从父亲流向父亲
在村庄内部种植烛火
或者刚硬不羁
重归泥土
在深夜总能听见
沉重的力量在体内暗暗涌动
仿佛穿越千年而来
穿越泥土轮回而来

在土地上修建祠堂

这是村庄之王

沉重之血凝聚的雕塑

父亲们在这里日夜饮酒

面部血红

他们心怀对血的敬畏

沦为守护之神

无数的王从血的内部腾起

带领众人杀戮

村庄的尘土飞扬

每一个王

在每一个村庄状如野鬼

这些王者的血

从父亲赤裸的身体升起

从默默的村庄升起

像乌云沉重的传说

飘浮在人类头顶

血，血，暗红之血

将人群缚在地面

千年流动

这些略显孤独的血

在父亲那里嗜杀成性

父　亲

终于以父亲命名
盛开在村庄的泥土、火焰、血
我穿越黑翼之门
在千年的村庄飞舞
遇见无数的父亲动作迟缓

每一片丘陵插满坟墓
有一种向下的力量促我羽毛凌乱
那是父亲、父亲
土地上父亲在呼唤
旋涡中心
正是父亲的名字
金黄的稻谷遍野饱满
我在父亲杂草丛生的手掌里
开始急遽下坠

终于想念
人类最初的山洞
最初的村庄
和最初的父亲
人类最初的父亲
在村庄的尘土中时隐时现
忍受着太阳最先的质问

黑翼之门·母亲篇

疼　痛

村庄的时钟指针正偏向这一刻
诞生、疼痛和死亡之间的路径
错综复杂，迷宫中的母亲
硬生生将一声啼哭挤了出来
充满血污及未睁开眼的孤独
我们见到了村庄
见到了一生的母亲

所要陈述的
仍是母亲光滑的额头
如何将疼痛植下
植在血污缭绕的声响中
我们每一次蜕皮
都将迅速抵达母亲的区域
我们要日见光明
日见飞鸟

日见岁月
日见母亲的疼痛
随着我们的诞生而诞生

生殖，作为一个名词镌刻在
村庄的内部和母亲的疼痛上
丰腴的身体面对生殖
满眼欲望
村庄的每一条裂缝里
众人都汲取着人类最初的疼痛
生命之泉
正在忧伤而草木旺盛
我们的母亲面带微笑
怀着疼痛像白云飘起

这些疼痛
不仅仅是母亲的疼痛
不仅仅是村庄的疼痛
她将化身为雨
成为我们内心夜以继日的雷霆

炊　烟

在黄昏，是否可以将母亲

称为我的炊烟妈妈

她从瓦房顶腾起

袅袅而上，衣带渐宽

登高而望却固守家园

远方的父亲

可带了粮食归来

村庄的胃保持着一贯的湿度

母亲的炊烟保持着一贯的温暖

渐渐成熟的粮食

在母亲手中变成我们回家的灯塔

我们要在即将大雪纷飞的村庄

安全过冬

我们要在灶旁等候

冬天融化成几只不大的兔子

炊烟，这火的舞蹈

在瓷碗、竹筷和木桌聚集的同时

匆匆而起

从一千年前到一千年后

人烟，成为我们村庄的名词

我的炊烟妈妈啊

你添了添柴火

从不遗忘生存的本质

我们身体的每个细节
都弥漫着黄昏的炊烟
弥漫着母亲的灶下坐姿

村庄的上空
飘尽了炊烟
飘尽了母亲的白发苍苍
我们遥望着村庄的沉默
遥望着炊烟将母亲送入死亡
泪流满面
我们母亲的一生啊
从瓦房顶腾起
袅袅而上，衣带渐宽
终于化至宏大

雨　水

像喝下水一样喝下我们的慈悲
让大汗淌遍全身
发热，在深夜醒来想念母亲
雨水般的村庄啊
母亲在阴天怅望
水消失在水里
这些流动的孤独的手指

改变河道，带走我们的岁月
雨水啊，母亲最亲密的伙伴
她们在雨天秘密交谈
在雨地里降生子女
雨水的村庄
有一种力量是水，是母亲
她们有着苍白的光芒

陶罐在屋檐下呆呆出神
接着断断续续的忧郁，雨天的夜
母亲将家园置在头顶
雨水像流淌过瓦片一样
流淌过母亲憔悴的梦
这些湿漉漉的灰色的梦层层叠加
在村庄一望无边
母亲则在雨水里继续做梦
并梦到漫天雨水中
父亲正穿越黑夜归来

在雨水上漂浮着的母亲
悠悠而来悠悠而去
留下那些村庄头顶湿漉漉的瓦片
和屋檐下一只空空陶罐
只有雨水

在这个村庄一如既往

发出苍白的光芒

我们的母亲，在村庄

曾与这些雨水秘密交谈

然后离去

春

这是来自另一端的话语

铺天盖地，仿佛一些乌鸦

闪烁着土地的明亮

绝对是一个巨大的盲人刚刚醒转

踢翻了村庄的火炉

母亲在这个时候试了试溪水

长发下垂，青草上扬

我们必须怀念春天

必须怀念母亲的少女时光

是装了怎样的弓箭

直接射中村庄的心脏

情欲在尚未成熟的乳房

悄悄荡开

村庄拴住固有的沉默

羊的叫声却跑到了云的那头

我们待嫁的母亲啊

坐在梯子上肌肤洁净

她在春天的旋涡里返回

喂熟不知所措的青草

并且相信某一个古老的

关于洪水的传说

她默默跋涉出村庄的心脏

水必须与水

石头必须与石头

母亲从村庄回到村庄

春天，与繁殖秘密相连

我听说母亲

在这个季节用陶罐喝水

用柴火生火

她的少女时光

转瞬即逝

仿佛村庄借与我们的诞生

万物繁殖的季节啊

母亲曾射中

村庄最柔软的心脏

并且将春天的嫩绿喂熟

月　亮

十五，我们饥渴的日子

每一片水面，每一群牲畜

都被滑过圣洁的乳汁

我们身陷其中而双目昏眩

无法吮吸

那些曾使我们体格粗壮的粮食

面对月亮，是人类长久的饥渴

是孤独之舟屡次的搁浅

谁能听见母亲那柔和之声

在庄稼地里夜夜生长

我们内心的饥渴随着月亮涨满

十五，我们饥渴的日子

母亲在月亮之上怀揣兔子

像揣着我们的苦难

小心翼翼而面露慈祥

村庄熄灭灯火

所有屋檐和影子都低眉顺目

母亲的光泽啊

在每一次日落之后缓缓升起

我们入眠并深感饥渴

天干物燥小心火烛的夜晚

谁又在妄想

点燃枝头的零星月光

从而漫天大火

漫野大火

甚至于我们体内也熊熊大火

我们光洁如初的母亲

她们在村庄始终保持沉默和明亮

桂树旁，怀揣我们的苦难

满心忧伤

望着我们和云朵渐渐离去

或者归来

鬼　神

母亲信鬼，也信神

鬼神之间荒芜着一片太阳的土地

那里善恶同长

在村庄疼痛的关节处

母亲一味下跪，十指合拢

虔诚祝愿丈夫和子女远离灾祸

百鬼不侵

恳求田地丰收，粮食充足

坚实的信仰迫使母亲

在凌晨背负九十九块石头

上山，为村庄垒起

云朵和雨水

为父亲的身体加固

这些信仰

从母亲的口头到达母亲的口头

循环往复

鬼神中善者更善恶者更恶

但谁也未曾改变

神明们体含泥土、稻草与水

他们源于村庄

并听从母亲不变的絮叨

他们必须赐予母亲

以一种农具开挖渠道

每一个鬼神的传说

都在求证一个村庄的苦难

和母亲的祝愿

他们在村庄求得居所

接受母亲的跪拜

阴沉而舞的鬼神们

在村庄的额头开出花来

在父亲的体内搭起茅屋

并为死亡营造宫殿

静若雨水的母亲

信鬼，也信神

彻底归入内心的细雨蒙蒙

母　亲

昏沉中数次潜入死亡的命运中

那些羽翼，张开与合拢

只有风的声音

母亲以雨水的手势招呼

招呼我们慢慢入睡

村庄，即将归于寂静

母亲的黑翼轻轻搭及父亲

我们呼啸着，像群带火的石头

我们不足以留下光明

不足以留下一朵七尺高的野花

这个村庄

只剩母亲的木桌和昏暗

我们将死亡与记忆一同混合

母亲已经死去

或者活过来

内心的忧伤和疼痛

比任何一片羽毛来得陈旧

母亲终于牵扯到子宫
我们的啼哭回到了初见天日
母亲在这里
父亲在远远的土地上
村庄，黑翼之门关闭得如此悄无声息
我不知道该走向何方
不知道走向何方
我最终将归入父亲母亲
归入人类的坟冢
比任何时空，来得绝望和温暖

传说一：水鬼

——中国南方阴郁的鬼魂，与漫天雨水息息相关

因水而死的鬼魂们面呈月色

血液直接被抽离身体

他们如此忧郁

他们在水底观望太阳

下垂的眼角长满羽毛

他们在水底独自哑口

湿淋的长发缠绕易碎的躯体

中国南方孤独的鬼魂啊

在每一个深夜

他们孕育雨水和忧郁

对岸上的人类念念不忘

烟囱下的声音抵住思乡之情

粗暴地割伤他们过敏的耳朵

他们在水中张开毛孔

就像盛开的花朵拥簇满身

水鬼，他们生活在中国南方的雨水乡镇

终日湿淋地保持一种萎靡姿态

他们寒冷、饥饿

并接受孤独的捆绑

这些受刑的天才

已从身上锯下爱情、瓷碗和天空

他们在每一个雨天双膝下跪

渴求鞭打，并将在每一个有水的地方

留下稠状暗色的忧郁

传说二：吊死鬼

——双脚飘荡，保持了对世界最后的凌空

绝美的舞蹈如约而至
玻璃瓶子在风中响起蝴蝶之翅的粉碎
这最后的，华丽的舞蹈深含绝望——
我封住了我的喉咙，
不再对这个世界喷发孤独

天才的舞蹈家
以一次舞蹈完成死亡
杜绝世界受伤的耳朵
将所有血液在脑中炼成石块
吊死鬼，没有双足
只有暴怒的头颅和白色的长袍
他们冥思过度
无足的舞蹈遍野明亮

吊死鬼啊
优雅的公子野蛮的暴君
他们隐藏身体留下头颅
他们遗失双足留下舞蹈
在空中失重，日夜饮酒

再华丽的舞蹈也不再可以
托起我日渐沉重的头颅
下坠
却被勒住

传说三：饿死鬼

—人类的骨骼最容易在他们身上成为现实

秋天拂地而去
丧心病狂的饿死鬼日受煎熬
白骨的钥匙打开羸弱的身体
胃正在高唱三鼎煮肉的歌声
他们从来就嗜好粮食
居住在向阳的山冈坚守土地

他们紧握肋骨的愤怒在三更敲响饥饿
他们的胃部长着十三只眼睛
如同天才修长的手指，好色却力乏
他们与干旱有关
飘散了鬼魂流动状的潇洒背影
整日整日地专注于粮食
扬起秋天试图使冬季下坠

这是些因匮乏而死的苦役
鱼刺卡住了陶罐
他们怀念谷子
从山的背部涌出
阴间最为悲苦的鬼魂
头顶的激流一去不返
陷进谷子与谷子之间
夜夜辗转

第 三 辑

弯腰而立

黎　明

轻而易举地将夜摁死在烟灰缸里
数了数烟头，我就像一个杀手
带着凶残的微笑
黎明，终于在事物的表面明亮起来
残留的牛奶在杯壁升起白云
抹了抹嘴唇，抹走了最后一丝清醒
黎明彻底明亮，像把菜刀
要把我切成两半
一半拴在地球内部
一半飘在地球之外

嘈杂的声音持续响起
马桶内的冲水之声，此起彼伏
这些黎明的眼睛刚刚睁开
我想起朋友，他们开始上班
或许身上还遗留着昨晚的断句

和一只蚊子为了生存在他皮肤上盖的印章
我则在被黎明撕裂的窗口
无所事事，游离于一代人之外
说些即将沉睡前的呓语

弯腰而立

看见一个人弯腰俯下
有一只秤砣，轻轻滑动了一下
用这种姿势，称了称生活的重量
与此同时，稻穗、溪水和岁月
也弯腰而立，面目慈善
这些都与尊严无关
它只是一种孤独，就像我的祖父
躺着死去，我也将躺着死去

有两种文字为弯腰做了体检
我将选用原始的一种
损伤只是一棵树生长着
或是一只羊活着
九十度只是粮食在体内丰收

一个人弯腰而立，双腿着地

我的村庄也弯腰而立
云层低垂，太阳东升西落
我看见世界的岩石无数
保持着孤独和行走的欲望

江南盲者

眼睛朝上，对着太阳倾听到血红之色
孤独的流水纯净地扩散成大面积水域
那只是血液在一个盲者体内吹来吹去
生存的方向就如纯红的血色没有尽头

眼睛朝下，对着大地倾听到了黑
黑啊，一朵连着一朵透不过气来
盲者体内的深渊一层摞着一层
越高就越能坠进故乡落满雨水的巷子

两条从江南窜出的凶猛之鱼
搏斗，在一个明亮的早晨各自负伤

故乡的盲者则提了一根江南的竹子
用铃声行走，在某个太阳猛烈的日子
他会扯开胸膛，拿出几根过于潮湿的
江南朽骨，晒了又晒

自行车

一个孤独症患者的孤独

足够支持一个夜晚的灯火

那些路灯也足够明亮

可以在我的头顶表示对称

目前，我必须骑着自行车

在一个岛上的马路来回抒情

一个人的孤独可以多么细微

有时候，我逆着风

有时候，我顺着风

但是我必须在孤独的中心

接受一些润滑油

让自行车的轮子继续转动

一百圈后，有一个学校

那里的学生显得比我伟大

两百圈后，出现超市

我曾买过被子、浴巾和剃须刀

三百圈后，很多餐厅

我怀疑在那里叫过外卖

第四百圈有了明晃晃的医院
但我只在对面的药店买过胃药
其间，偶尔会有一个患者闪出
面带微笑或者背着袋子
我匆匆而过
都来不及对他表示友好

一月，被岛的边缘割伤

光秃秃的一月
生活略微高于海平面
环岛南路，蹲着一只不知名的猫
我的手心继续寒冷，不下雪

岛的边缘总被海水磨得锋利
塌陷或者断裂
延伸到悯若无知的圣境
我的身体在一阵风后
像陶罐破了嗓子

一月的海岛锋芒毕露
停不了风
也停不了一些误伤事件

铜　圆

隐去了，夜色里挑着货担的贩夫
他们贩卖了整整一个时代
隐去了，我死去的祖父
你的后院，我想正在进行一场孤独的角斗
隐去了，早晨的太阳和晚上的月亮
我甚至决定让你们一同隐去

手捧暗红的铜圆，哧哧作响
但我并不捧着一场战争
一个宫廷阴谋
或许连通货膨胀也不是
我只握住了空荡荡的村落
瓦片连着瓦片
就像鱼腥味刺穿了海的肺部

日　记

谁愿意在这个夏夜于我的身体里起网

捕捉到一些转瞬即滑去的鱼

我伏成一条河流淌着

想着自己如何忘却忧伤

如何从一个少女恋到另一个少女

如今，那些青春的日记

连同远方一起消逝在往北吹的惆怅里

我像一片沙滩日渐平滑

接受一些游客

但保留着青春时慵懒的血统

在一个小城四处奔走

风中某张报纸发表言不由衷的报道

七月七日凌晨，我忽然忧伤起来

这久违的让我生厌的触角

再次乘着我的时间产生车祸

多少日子，多少日子

我将诗人比作手中的至尊
然后沉沉睡去，统吃一切
请你，希望是一个陌生人
于这个夏夜免费下载我的忧伤

逝者如斯

逆流而上，我只是沿着溪涧
忽然丢了嘴巴似的孤独起来
那片深处，淹没了城堡
涣散，涣散，甚至绝望

我永远难以寻到故乡
那里可以安息，草色如水
蹚着我的骨骼去而复还
永远在被覆盖的一刻清醒过来
谁在回忆的绳索上跳起舞蹈

我逆流而上，只是沿着溪涧
多么惆怅与任性的影子
扶着流水曲折而行
无视我的孤独在暮色中幽幽发酵

告别什么

台风去而复还，在一条名为步行的街上
随着雨声将烟蒂灭进午夜
女人温顺似湖面之水，手戴戒指沉沉睡去
想告别什么，这身形臃肿的黑暗
告别肥胖的肉体，将贫穷戳穿？
告别工作，把筷子倒立？
告别谄媚的笑脸，让虚伪沸水燂毛？
告别故乡，在陌生的泥土上长久发呆？
还是像个孩子一样旋转伞柄抖落雨水
或者将鞋子反穿，与生活背道而驰？

在生活面前中了毒

习惯在空白处输入生活的名字
然后搜索，找到一个破损的沙发
它大约生产于二十世纪八十年代
随着我的母亲嫁给我的父亲
如今安度晚年，左侧露着陈旧的伤口
我曾在幼年用小刀探索过它的秘密

重新输入生活的名字
找到一个无法命名的钟表
这指针，狡猾得像只黑轮胎
画个圆圈又滚了回来
我却憨憨地直向前滚了出去
那么多人在滚，有的带火，谁比谁更快
眼前的外祖父早已不见踪影

输入生活的嗜好难以戒除
这回，发现自己在一家旅馆彻夜难眠

不断，不断输入生活的名字
忽然间：冒气的热水瓶、
打褶的衣服、吃草的猪
像浴血奋战的勇士冲锋过来
莫非，我在生活面前中了电脑病毒？

俯 视

有多少天才与精神分裂者的眼神
像野菊一样盘旋着一路开到山顶
然后在清冷中枯萎
站在野菊之巅，多么纯粹的视角

山峦在开阔的水面渐行渐远
那个经年的货郎，仍携着开裂的扁担
一头挑起村庄一头挑起粮食
穿行于群峰之间

这是一个多么容易被遗忘的位置
人平行于人，平行于建筑，平行于城市
从身体里抽取关乎生活的盐分
挑灯夜拔脚底的木钉
喊一声苦涩与疼痛，化作风中尘

苍茫大地，谁也不曾主沉浮
只有李白，仍旧习惯在这个位置
喝上一壶从长安带来的米酒
俯视着夕阳落去，暮色升起

衰 老

竖着的是雨

横着的是水

倾斜着的是我的外祖母

我不能不在这个雨夜提及

瓦屋和陶罐已出现裂缝

甚至于吟唱

也在星光散去后兀自消淡

你顶着雨，随着水

倾斜的角度愈加尖锐

我不得不在这个雨夜承认

你已衰老，身影晃过了

牧羊人的羊群

你在江南的村落

逐渐形似雨水

我多想躲回孩子的躯壳

挽住手，依然容于你的影子

多一些时光

凝视你的白发你的脸

失聪者

有那么一个夜晚
他可以把自己摊平在白纸上
寂寞不语，像大师写下的文字
但我知道，这只是一个醉汉
酒醉时无与伦比的优雅
之前或者之后
他在沼泽地里游泳，逢人便笑
或者呓语，待见每一个
面具雕刻师，并像熟人一样交谈

对于远方，他保持最初的关怀
但却离远方越来越远
就像离铁轨、离月光、离初恋情人
离宁静居所的距离
长达一个白天的刺耳尖叫
他时而失聪，无法听取细沙沉水
无法听取孤独的开裂声

迟　缓

是一种姿态，却远不如云朵来得优雅

热情与悲悯在内部涣散

纵使给一条岸边扩散双瞳的鱼

命名一种情绪

也不足以说明我多年后的迟缓是某个方式的抵抗

我不天生迟钝，对事物保持敏感

但现在却像一堆不经意掉落的纸团

折皱着一溜的黑色字体

一块被摧毁的土地

一个被击垮的生命

只能在多日甚至多年后

在一场无声电影里显现着字幕

我多么想在这片丘陵中触及尘土及河流

赤裸裸地砸出一地的冷漠虚伪

那么就干净了，像刚出生时的啼哭

证明我只是纯粹地处于象山半岛

北山之上

多少年，我疾驰于沿海南线
从孤身一人到携妻带女
从一种沉默到另一种沉默
就算时光的刹车片越来越薄
车过北山
我仍未向众人指点山顶的寺庙
甚至于自己的眼睑
也筑满了飞鸟的巢穴

北山之上，孤子而立的寺庙
我从未丈量其距离海平面的高度
也未探索它内部的香火
但是这么多年
它就像个隐喻般让我无所适从
时常携带夏雷、冬雪和夕照
用一堵黄墙进行折射
在我羸弱的身体上构建孤独

北山之下，这条略带咸湿的沿海南线

我只截取了其中的十四公里

作为我多年的生活

自南而北，自北而南

用十年的光阴让自己畅通无阻

那些野菊的众多秘密

被关在一个木匣里依然商讨热烈

某一天，誓要在北山之上率众起义

第 四 辑

不再大风起兮

三 月

——给 Y 的诗

三月

你依然在我忧伤的湖面

像个调皮的孩子一样胡乱丢下石子

涟漪阵阵，触及这个冬天的枯树

三月

我坐在酒瓶顶端独自为王

风从莫名的方向吹来

我熟透的头颅落下

你可愿意在这个撕裂的三月

倾听思念落地的声音？

三月，你依然是个调皮的孩子

将我珍藏的爱情偷走不肯归还

使我在大地上孤单流浪

三月

我开始为你写下第一首诗

在佛祖的手掌心

——给 Y 的诗

在佛祖的手掌心打坐

与天地相接的幻象间

我看见，无数个你

从落瓣、雨水中升腾

伴我一生一世

佛说，我的灵魂纯如一袭白衫

我便将白衫披在了你的躯体

佛说，我的一世孤独

我便在菩提树下日日思念

提着连日的雨水

赤脚在大地上想起美丽的你

我便心怀纯净的幸福

自东而西

希望在佛祖的手掌心里看见

无数个你从落瓣、雨水中升腾

伴我一生一世

无名怀念

透明的玻璃上十朵火焰
纯净、孤独，在未醒之前盛开
面朝着东方的启示
怀念曾经的恋人

抒情的种子从土地到达太阳
从恋人到达恋人

没有一处雨水是从
记忆中降落
进一步证明
淹死在故乡的思念

喜欢在暮色中沉醉而去
就像暮色中的蝉鸣
直接来自老人脸部的皱纹

往日的恋人

汗水涔涔的黄昏，手握温润石子
骑坐故乡屋顶想念往日的恋人
成群的鸽子像几个人的孤独
从这个屋顶绕到那个屋顶
阳光滑下瓦片那刻，满目忧伤
失去的东西再也不能归来

身子流过手心的石子
纸船在爱它的孩子面前渐行渐远
谁也无法停留在大地之上
我在故乡屋顶想念往日的恋人

深山寺庙的暮鼓响起
有一种金属的质地将我击昏
在无风的夜晚
我被铺开晾在云端独自凄凉

这两个字

隔着饮料、薯条、阳光，和一个女孩谈起爱情

这两个字，她说，已经让她咀嚼五次反刍八次

完全失去应有的嫩绿和完整

午后的阳光弥漫灰尘

她像一个悲观者一样历数爱情的乏味

将男人比喻成A，将女人比喻成B

然后她又似月老般任意配置AB

这时候，她的头发略显枯萎

一只苍蝇麻木地越过

今年我已经二十三了，多么恐怖的数字

恐怕数一个晚上也数不过来

她这样感叹着，眼神困倦

好像昨天真的数了一个晚上

饮料、薯条、阳光的另一端，我想起

她曾经是我热恋的女友

情人节献诗

——写给 J

今夜
不再以我为王
目眺远方
太阳的光芒正从你而来
一个万物复苏的季节从你而来
我双目低垂，在今夜
含花自尽的飞鸟复活

摩挲着手掌中的思念之珠
湖水般的情人，在远方
可曾梦听我的祝福之谣
今夜，我的一切与你有关
愿化身为梦系于你的脖颈
亲吻你纯洁如清晨的脸庞
聆听你温暖如烛焰的心跳
我最深爱的情人

今夜，我面对大海注入思念
所有的海水开始汹涌

在每一个月亮升起的时刻
我都将紧握思念之珠
为今夜的情人
双目低垂，不再以我为王

手　链

我系上手链
齐腕而断的疼痛在青色渡口
像只老年船只那样无限苍凉
我系上手链，系上修长的身影
系上十二天
系上岛中的天和峰顶的风
我系上了对你长久的思念

把这一切淹没吧
淹没在流经手链的青色血管
沉甸甸地在身体内巡游
每一次浪抵心脏
就完成一次圣洁的疼痛

十一月的献诗

不想直接说，你轻微地摇晃

是我在你的湖泊中撒了渔网

我只告诉你，睡梦中

你的鼻尖闪着幸福的光芒

你的乳房很小，黑夜中偷来的瓜果

你的双手很小，摇篮里调皮的花朵

你的孤独很小，抿了滴酒的姑娘

异乡的姑娘啊，你前来

静静地在第一个晚上睡去

醒来，或许见到了重新命名的海

我不再呼喊，心情平静

你可以在我舒缓的血管里多次苏醒

在十月，你为我怀上第一个孩子

我重又写道：受孕的小母亲

秋天里饱满的谷子和游走的父亲

我在房间里丈量生命的距离

在手心架起梯子，天堂并不遥远
你学会将泪水渗入我的肌肤
某一个吹弹即破的黄昏
我撤下所有云霞，静望飞鸟

不会说起爱情，不会喝起烈酒
夜落归家，我更愿意将身体解释为
一道数学题，在疲倦时遇到答案
你花费了所有金币来奉承一个赌徒
也许多年后我会忆起
有一个异乡的姑娘
睡梦中闪着微亮的鼻尖
而我幸福得像只无法落足的苍蝇

津渡之水

好吧，我轻轻覆翻一口杯子
你就从这里流走了
悄无声息又惊雷阵阵
那些烟味
在窗口倏地转了个弯
便化散在满天的晴朗中
一只飞鸟
也就这样安息了

好吧，我只想在信封中
轻轻抽出一把钥匙
释放了你也释放了我
那些谎言
只是你疼痛的千分之一
我也就忘了

好吧，如果从此相忘
还请记得我们的祝愿

于人海中做一次善意的回眸
也便了了
一人一世界
津渡边的流水
也就渐渐远去了

爱难免成为一阵余雷

为什么仍旧在深夜里绝望

为什么阅读一首诗歌

仍愿意看到一些过往的悲伤

你点起的那支烟

在我心脏的风口中

依然不停明灭

我所要忧伤的

也许是疼痛与转身的背影

更有可能无关你我

而是一场爱的结局

难免成为生活中的一阵余雷

不再大风起兮

不再大风起兮

霸王走了

美人也走了

我只能在没风的日子

向下沉去

以肉眼无法见到的姿态

贴着马路细微地飘浮

内心的裂缝

他们也无从得知

每一个阴沉的午后

都逐渐落入

这个小城预设的圈套

而且惊人的吻合

我频频点头

像是熟透的橘子落满一地

爱情秘密

很久，我没看到一只鸟在眼前飞过

也没看到嫩芽、泪水和闪电

那些代表了疼痛

在黑夜里翻滚的星光

也在多年前从我的肩胛穿透而过

我只是被悬着，纯粹得像条鱼

在渔网上绝了水分和寂寞

略带温度的发梢和指尖里

我难以出逃

就好像在这个布满雨水的江南小城

难以找到另一条巷子的出口

我已习惯将一场场青春的战斗

预留至年末，甚至中年

而不开口说一个字

也不透露任何关于爱情的秘密

将近秋

这一杯的酒，秋日里寂静起来
淡若美人，音乐似的凉意
从我的十个指尖发作
一个野孩子，爬过我的骨骼
爬过我寥若晨星的怀念
将近秋，将近我的忧伤
远去的恋人
我正在细数手中的念珠
每一颗激起时间的涟漪

偶　遇

仿佛是一场拯救
如此痴迷于这个少女的每个细节
她端坐，静雅得像场文艺电影
穿着布鞋的双脚灵巧得像两只小鸟
时不时互啄一下

我甚至愿意侃侃而谈
一座房子和一次远行
一些隐隐约约，曾经关于爱情的伤痛
纠缠得忘了岁月的站台

我通透得像被一场雷雨贯穿
流离失所着经年的惆怅
一面青春的镜子，多么无情
我与这么多事物之间
依然保持着最初的裂缝，却无法逃离

代我向这个春天问好

二十五岁的果核也许布满唇印

但它仍挂在枝头

春天，春天，那么无动于衷

果肉丰盈的黄昏从江的源头来

也随着江的源头去

逝者如斯，我多么愿意写下水

从我的膝盖回流到头盖

这次，我不再随着第一片叶子苏醒

春天率先从我的身体出走

她有许多理由，至今不说

梦中五个骑马的少年，请你们代我问好

我会将雪白的骨架搭建完毕

并邀请嫩绿的藤蔓

保证我们的秘密在一个深夜解禁

第五辑

路　途

东海时光

这些硕大的闪着光泽的玻璃

保留了强劲的切割能力

我躲于其后

眼望着寂静如时间

在岛上不留痕迹地折射入众人内心

或者缓慢得

像那三轮车夫的背影不曾远去

风在雨水中穿行

有些时候

我落入其中快速绕行的乐趣

东海上的寂静

更多执行着天上一日地上一年的真理

仙人们若被贬岛上

我必然点上几支烟

与他们一起吞吐出一朵乌云

千年诗岛

众山遥对酒，孤屿共题诗。

——孟浩然

瓯江的那叶扁舟

从众人的心中划过

仿佛隐士散落纸上的淡墨

慢慢渗透，于是

千年前的永嘉太守

渐渐苏醒在江月之下

他登上江心孤屿

满目欣喜

以农夫似的无羁抛下一颗谷子

多年后

这个岛上诗歌疯长

这个诗谷丰收的孤屿在众人手心

已温润如玉

镶嵌在每一个时代的酒杯中

孟浩然的衣袂尚未飘离

李杜的梦吟声

渐行渐近

崔道融的半夜笛声刚从诗中响起

江心寺的月亮

就绘出了双塔的影子

一方孤屿以海纳百川的方式

栖满诗歌之鸟

定是谁偷了谢公①的木屐留在岛上

不然，为何总有飘逸的人影登岛

在瓯潮澎湃中细辨木屐的声响

西来的瓯江之水滚滚不息

将众人的诗梦搁在孤屿沙滩

洁白而又纯净

当江心孤屿的朝阳第一次挑亮浪花

东入海的瓯江形如酒后太白

以无尽的才情泼墨挥毫

瓯越大地的诗句

开始阳光饱满

千年诗岛传承着谢公深沉的目光

以最温和的雨声潜入温州体内

日夜滋润

---

① 谢公：谢灵运。

岛上凌空的双塔

引领着众人以最博大的翅膀

飞越每一寸土地的上空

这个诗谷丰收的孤屿

面朝温州，面朝湿润的祖国

再一次在众人的目光里低声吟唱

十四行：古夷，自温州来

挥手和折柳

一只忧伤的蜘蛛爬行在

从古到今的诗歌上

今天，我要写一首和蜘蛛无关的诗

古夷，自温州来

温州的古夷写小说

也将很多女人写进自己的身体

并坚称唯一的胃已被我的豪情搞坏

我躺在杭州的床上等待古夷

身体懒散得坑洼不平

蒙眬的睡意里一只小鸟跳跃

古夷这厮

竟驱来小鸟扰我清梦

我时睡时醒，古夷的火车轰轰作响

郁达夫故居

怀着长久的崇敬

我在富春江边上找到您的故居

二层楼的木屋

就如您的颧骨一样陈旧高耸

对此我敬若神明

幻想着您在江边垂钓

鱼钩一甩

便划破时代的血管

午后的阳光崇高光明

我踏入您二楼的居室

此刻

我想到的是

许多年前您在这里沉睡

这时候，我多像一瓶水

黄昏的锤子将四周砸得逐渐乌青
一下午的烟仍在屋内涌向屋顶
毫无出路
玻璃割断我的视线于窗外
由着暮色消化
想起自己在浙江境内
一路北上
下午，在一间屋内抽烟
尽量保持安静
这时候，我多像一瓶水
解决了所有干渴问题

八月之杯

——兼致海子

终于空了八月的酒杯

在酒杯中独坐到老

对一个人，我不知道怎么称呼

她却用忧伤或者手指

重新命名八月

八月就叫遗忘

八月就是我们的妈妈

我们重新出生

重新在天空收拢潮湿的翅膀

八月的天空就像空无一物的酒杯

空空如也，空空如也

连老人嗜酒的唇音也已干涩

在稻田的裂缝里躲避太阳

八月的舞蹈布满空谷回音

我们这群顽皮的孩子

转身离去，留下一场大火

终于空了八月的酒杯
我们怅望大海
提起两堆孤独的石头
埋了自己，仿佛倾空八月的酒杯

做一个古典诗人

我更愿意做一个古典诗人
在冥思的中央扎好头巾
只咏唱被一百个诗人所赞美过的事物
太阳和天堂，三月的海和春天

我更愿意做一个古典诗人
火炉旁边接受纸张和酒
与朋友一同说起醉话
歌德还未从大雪中赶来

我更愿意做一个古典诗人
写信，给我还未曾逝去的恋人
留下诗句，让大地获悉
我还在幸福地活着

我更愿意做一个古典诗人
双翼并不因天才似的下坠而燃烧殆尽
普希金复活莱蒙托夫复活
俄罗斯的忧郁也一同复活

路　途

——致伯弢先生

只是沉迷于你的一路北上
那途中，五个挑夫，十箱书籍
还有几小捆象山的鱼鲞

你踏过彭姆岭
连中秀才举人的荣耀
在白云一卷一舒中早已故去
你用长衫轻拂而过的一片野菊
如今在山野中却依然灿烂

伯弢先生，我所沉迷的
只是你的一路北上
沉迷你所要抵达的杭州
沉迷朝露、渡船和夜间的星光

我在丹城的某张办公桌前

一遍遍抬头，看见彭姆岭

看见你的书担

也看见你的衣袂在风中响成一面旗帜

徐福东渡传说

那些后人虚画的航线

隐藏着多少风暴、巨浪和烈日

它们在海上集结，又倏然消失

淡漠得像场无可预计的醉酒

多少人的航线又直抵内心

航行过那片烟雾缭绕的时光之海

在半岛登陆，像粒摇摇欲坠的水滴

悬挂在二千二百多年前的海岸线上

折射着众多的生存、繁殖与离别

那名叫徐福的方士

身着秦时大袍，怀揣隐讳

像条受惊的鱼，转身或者吞吐间

掀起远方和长途跋涉

随行的那些童男童女，他们"道海过此"

像粒无辜的种子，在此结庐、凿井、筑观

又如同忽然遭遇一场台风

消散在大海之上，时光之中
那口名叫丹井的泉眼
仿佛也只是后人一个无解的注脚

石浦—富岗如意信俗

只是一截浮木
因为殉父的孝举
被那群渔民塑成神像
只是一座神像
因为平安的祈愿
被那群渔民奉为娘娘
只是一位娘娘
因为一场离别
多年后，那群渔民的后人
再次赋予了她尘世的羁绊

如意娘娘，如意娘娘
您的乡愁在海的那边
您的家园是个会哭泣的海岛
如意娘娘，如意娘娘
您还有一个离别的姐姐
她叫妈祖，总在东门遥望
如意娘娘，如意娘娘

半个世纪了，该回家看看
看看潮水是否抹平了孤独
如意娘娘，如意娘娘
让我们陪同，让我们踏上故土
紧紧握住那座曾经空荡荡的渔山
握住一场离别带来的疼痛

渔民开洋、谢洋节

玄色的龙裤宽阔得足够藏下
一片海面，甚至能听到
船首的风在脚腕边猎猎作响
一跪一俯间，又呈现着朝霞、惊雷和骇浪
以及那张生存之网
漏去海水，取得粮食和返航

这些身着玄衣，胸含搏杀之意的老渔民
在庙宇中，在娘娘前，渐趋宁静
仿佛大浪退去，明月高悬
他们要为一场远征祈祷
要为赵子龙救主、杨文广取宝的出洋戏
添上激昂的唱腔

他们跟随鱼汛，跟随潮汐，跟随日月
体内明透得近乎是布满星辰的夜空
闪烁着最初的天人合一

待归来，携带一个春夏的阳光
船泊静湾，奉上三牲
再演一出神人共乐的蟠桃大会

海盐晒制技艺

多少次，将盐比作生活中析出的苦难
然后它们行走、飞奔和升腾
穿过盐民的肩胛
在人群中遇见情人的眼泪
遇见僧人手中滑动的念珠
甚至遇见一个王朝的颠覆

如今，我要追溯它们的来源
就像追溯一场风暴
是否只是因为一对蝴蝶的翅膀
但是那种洁白带来的晕眩
仍然使我无法直视盐的内部
它们聚众而居又深藏孤独

或许，只能将这种晒制技艺重新命名
这批叫盐民的黝黑诗人
运用水、土、风、光、火
运用一生的咸味

不断从海的内部析出洁白
也从自己的体内析出白发

他们来回于盐田
来回于海与盐的隐秘通道
他们与盐窃窃私语
或者聆听盐与盐的大声喧闹
只是从未与生活进行过一场谈话
也许，他们正掌握着盐的秘密

渔民号子

一直以为，这些沙哑的嗓音

只是潮汐人家日常的喧闹

泯然于众，散着淡淡的海腥味

但是在一场盛大的庆典中

遭遇一声渔民号子

我便视为是这个世界的异象

粗粝、温暖，带着骨骼的力量

可我无法窥见它原有的面貌

它必然是蓄满劲的发条

可以启动体内的齿轮

为生活的转动定上精准的刻度

它也必然是一次浪漫

让海风滑过湿润的咽喉

回味粮食与爱情的固有关系

也许，这些号子也渐行渐远了

它们无法应对一场远洋捕捞

就如同我们无法应对一场生活的变故

象山唱新闻

只是无端将这些土腔土调
归附到一位盲人艺人的形象里
然后掘起一捧绝无仅有的孤独
涂抹在马的双瞳之上
让失明的歌谣满目疮痍

艺人的荣耀或者卑微早已告罄
我不去想象，曾经
游子在异乡惊闻乡音的错愕
也不去想象，曾经
里人在鼓板声里朝见天子的威仪

只是如今，依然能在一场酒局里
闻听酒酣者的击节吟唱
无关一次宫廷惨案也无关象山新闻
只剩下片言只语
却透露着一条街巷老去的秘密

图书在版编目（CIP）数据

湖海间 / 黄波著． — 北京 ：北京出版社，2023.12
ISBN 978-7-200-18334-4

Ⅰ．①湖… Ⅱ．①黄… Ⅲ．①诗集—中国—当代
Ⅳ．①I227

中国国家版本馆CIP数据核字（2023）第211700号

湖海间
HU HAI JIAN
黄　波　著

出　　版　北京出版集团
　　　　　北京出版社
地　　址　北京北三环中路6号
邮　　编　100120
网　　址　www.bph.com.cn
发　　行　北京出版集团
印　　刷　三河市中晟雅豪印务有限公司
经　　销　新华书店
开　　本　880毫米×1230 毫米 1／32
印　　张　4.5
字　　数　50千字
版　　次　2023年12月第1版
印　　次　2023年12月第1次印刷
书　　号　ISBN 978-7-200-18334-4
定　　价　49.80元

如有印装质量问题，由本社负责调换
质量监督电话　010-58572393